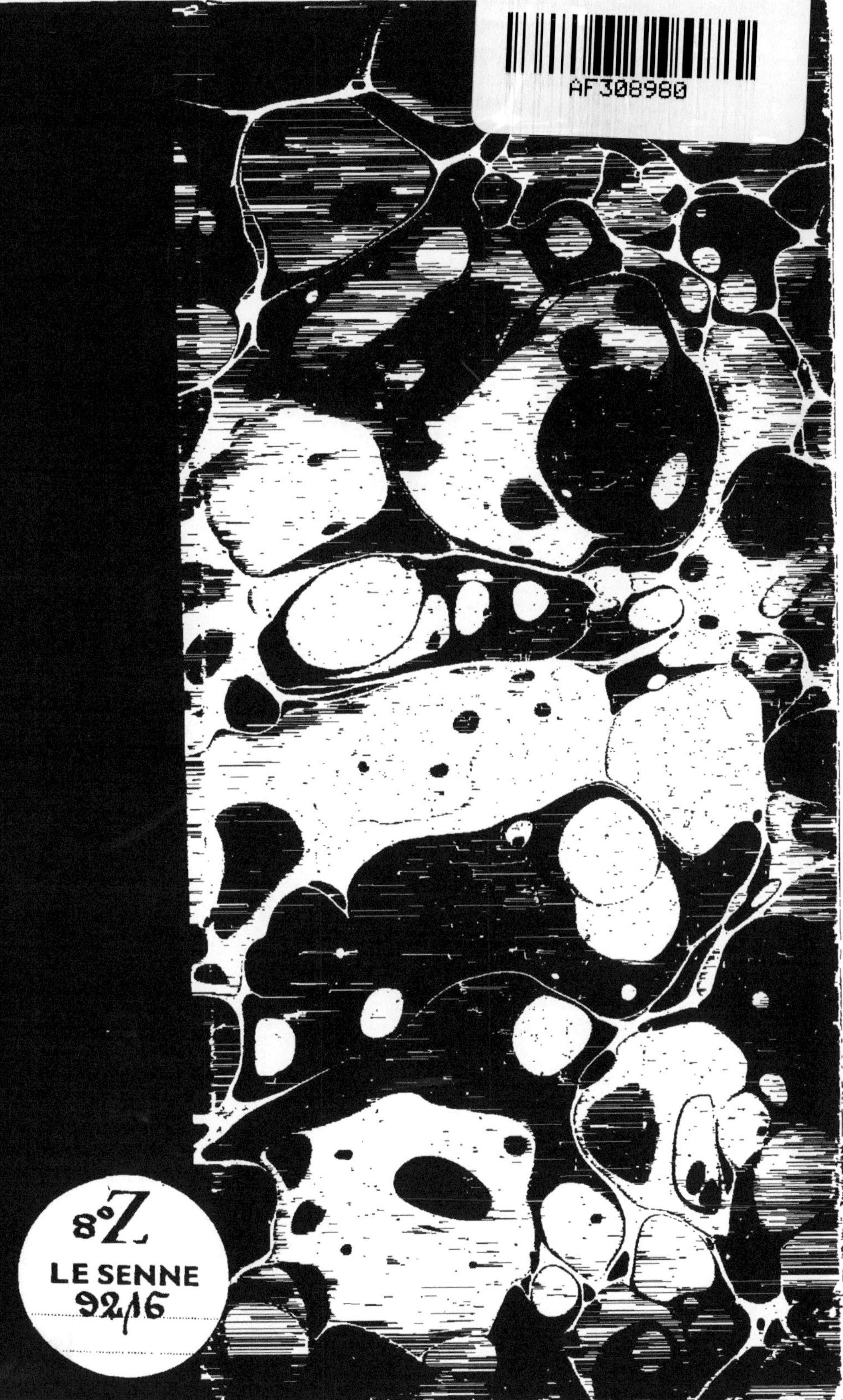
AF308980

LE CRIME

DU

SEIZE OCTOBRE,

OU

LES FANTÔMES DE MARLY.

LE CRIME

DU

SEIZE OCTOBRE,

OU

LES FANTÔMES DE MARLY :

MONUMENT POÉTIQUE ET HISTORIQUE, ÉLEVÉ A LA MÉMOIRE DE MARIE-ANTOINETTE D'AUTRICHE, REINE DE FRANCE, ET DU JEUNE ROI SON FILS.

PAR M. LAFONT, D'AUSSONNE,

AUTEUR DE L'HISTOIRE DE Mme DE MAINTENON, ET DE LA COUR DE LOUIS XIV.

PARIS,

CHEZ LES LIBRAIRES

PICHARD, QUAI DE CONTI, N° 5 ;
DENTU,
TERRY, } GALERIES DE BOIS, AU PALAIS-ROYAL ;
Et ALEXIS EYMERY, RUE MAZARINE, N° 30.

1820.

AVANT-PROPOS.

Les infortunes de la Reine dominent sur les autres infortunes de la révolution, comme cette Princesse dominait, elle-même, sur ses contemporains, par ses belles qualités personnelles, par sa naissance et par son rang. La mort n'est rien pour les grands caractères....... L'excès de l'humiliation et de l'opprobre, voilà pour eux le véritable malheur. L'histoire des temps les plus reculés n'offre rien de comparable à la vivante agonie de MARIE-ANTOINETTE; les circonstances de sa mort nous ont flétris à jamais.

Sur le trône de France, elle fut la généreuse protectrice des arts et des talens. Pourquoi, depuis la restauration, les grands écrivains n'ont-ils pas trouvé de la gloire et de la douceur à consoler son ombre plaintive?....... Ce que le génie n'a point fait, le simple zèle va l'entreprendre. On trouvera, dans mes vers élégiaques, l'expression naïve et désintéressée de la plus sincère douleur ; on y trouvera le fidèle récit d'une catastrophe que la calomnie avait préparée, dans l'intérêt de la vengeance et de l'ambition.

Sa Majesté le Roi régnant a rendu un hommage solennel à la mémoire de l'auguste victime, en prononçant ces paroles, que l'Europe entière s'empressa de recueillir, et qui doivent trouver ici leur place :

Aucun événement ne m'a autant frappé que la découverte du testament de cette grande Reine, dont je m'honore d'avoir été le premier sujet, et, si j'ose le dire, l'ami.

(Discours du Roi à la Chambre des Députés de 1815 , venue en corps aux Tuileries pour complimenter la Famille Royale sur la découverte du Testament autographe de la Reine.)

LE
CRIME DU SEIZE OCTOBRE,
OU
LES FANTÔMES DE MARLY:

Élégie

DÉDIÉE AUX PRINCES DE L'EUROPE.

Vox quoquè per lucos vulgò exaudita silentes.
VIRGILE.

Une vive clarté, semblable à une aurore boréale, ayant paru, deux années de suite, sur les bois de Marly, après la mort de la Reine, les habitans de ces campagnes attristées se persuadèrent aisément que l'âme de leur Bienfaitrice venait leur demander des prières.

Est-il vrai, répondez, Nymphes de ces vallées,
Est-il vrai que la Veuve et la Mère d'un Roi,
Sous les pompeux débris de vos sombres allées,
Se montre et reparaît, sans y causer d'effroi?

Est-il vrai que le jour où sa tête charmante
Roula, parmi les cris de lâches assassins,
Est le jour que choisit son Ombre gémissante
Pour visiter ces lieux, et pleurer ses destins?

Les pasteurs, répandus sur vos monts solitaires,
Ont redit ce prodige aux voyageurs surpris.
Nymphes, admettez-moi dans vos sacrés mystères :
D'un auguste bienfait mes vers seront le prix.

Une Nymphe, à ces mots, soulevant le feuillage,
Me découvre un sentier, qu'elle indique à mes pas.
Elle fuit ; et, de l'œil, me montre un sarcophage,
Où sont unis un sceptre et la faux du trépas.

Sur ce marbre ignoré, des platanes antiques
Balancent une voûte impénétrable au jour ;
Et des pâles jasmins les vapeurs balsamiques
Parfument cette enceinte et les bois d'alentour.

« Ami des morts, me crie une voix sépulcrale,
« Tes vœux sont exaucés. J'y consens. Tu verras
« Celle qui, toujours grande, et jamais inégale,
« Tandis que tout changeait, seule ne changea pas.

« Le mensonge inhumain poursuivit sa mémoire,
« Et lui dispute encor des cœurs mal affermis.
« Mais le Temps, qui sait tout, va livrer à l'histoire
« Les noms et le secret de ses fiers ennemis.

« Non loin de ces gazons, que sa tombe décore,
« Et qui virent les jours de sa prospérité,
« La Reine apparaîtra. Mais l'aspect de l'aurore
« Dissipera soudain ce Fantôme agité.

« Garde-toi de troubler, par un zèle coupable,
« Le doux recueillement qui plaît tant à son cœur ;
« Garde-toi d'irriter une ombre lamentable,
« Et d'appeler sur toi le regard du malheur. »

L'Oracle avait parlé....... Tout à coup, des nuages
Lugubres et sanglans viennent frapper mes yeux ;
J'entends au loin ce bruit précurseur des orages ;
Et la nuit, de son crêpe, enveloppe les cieux.

L'aquilon, du couchant accourt avec furie.
Les chênes des forêts s'agitent dans les airs,
La tempête mugit, s'étend, se multiplie ;
Et l'horizon s'allume aux feux de mille éclairs.

La foudre éclate, vole....... O dieux ! votre puissance
Vient-elle anéantir un monde corrompu ?.....
Epargnez, s'il se peut, le toit de l'innocence,
Et l'humble mausolée offert à la vertu.

L'horizon s'éclaircit. La lune décroissante
Réfléchit dans les eaux son front calme et serein ;
Et les oiseaux, trompés à sa lueur mourante,
S'apprêtent à chanter le retour du matin.

Minuit sonne. Au signal de l'airain pacifique,
Je sens mon cœur ému. Je frémis. J'aperçois
Comme un point lumineux, une clarté magique
S'avancer et grandir, venant du fond des bois.

Le Fantôme, à pas lents, suit la verte colline.
Je distingue bientôt son regard, ses attraits ;
Je vois, je reconnais cette fierté divine,
Et cette grâce, enfin, le plus beau de ses traits.

ANTOINETTE, à la fleur de sa jeunesse aimable,
Brillait, comme Cypris, au milieu de sa cour :
Sa beauté, maintenant, est douce, inconsolable ;
Commande le respect et dédaigne l'amour.

Mais, quel objet, d'abord, échappait à ma vue?
Quel est ce jeune enfant qui marche à ses côtés?
Ses charmes, sa langueur, sa figure ingénue,
Tout révèle un grand Nom, et des adversités.

La Reine le soutient d'une main caressante.
Comme elle, il est vêtu des ornemens du deuil.......
Cet enfant serait-il la victime étonnante
Que réclame à la fois le monde et le cercueil?

C'est lui-même. Ecoutons parler sa noble Mère;
Ecoutons les accens de sa touchante voix:
« O déplorable Fils d'un trop malheureux Père!
« Sa mort, son échafaud vous mit au rang des rois.

« Votre règne orageux a passé comme l'ombre:
« Vous n'avez succédé qu'à nos cruels revers.
« Et, tué lentement dans un dédale sombre,
« Vous avez disparu de ce triste univers.

« Semblable à ces soleils que l'automne brumeuse
« Sous un ciel obscurci laisse à peine entrevoir,
« Et qui, bientôt, rendus à la nuit ténébreuse,
« Faibles dès le matin, meurent avant le soir.

« Dans les cachots, témoins de ma longue souffrance,
« Je formais votre cœur, j'aidais votre raison;
« Je vous disais souvent: « Pour régner sur la France,
« Soyez prudent, mon fils, et surtout soyez bon.

« Lorsque vous penserez à ce séjour d'alarmes,
« Pleurez sur nos douleurs, et ne les vengez pas:
« Nourri dans l'amertume, arrosé de nos larmes,
« Que la seule clémence ait pour vous des appas.

« Le peuple, à nos bontés, un jour, rendant hommage,
« Maudira les fureurs qui déchirent son sein ;
« Et la France, attendrie en contemplant votre âge,
« Peut-être chérira son Monarque orphelin.

« Mais, de ces vains honneurs, qu'un abîme environne,
« Le ciel compatissant voulut vous affranchir.......
« Qui pourra souhaiter un sceptre, une couronne,
« Quand on saura les maux qu'ils nous ont fait souffrir !

« Aux plus noirs attentats je pouvais me soustraire :
« Je pouvais m'élancer vers les Rois protecteurs.
« Mais où porter mes pas !...... J'étais épouse et mère :
« Je ne pus séparer mon sort de vos malheurs.

« Loin de vous, de ma fille, et d'une sœur chérie,
« Condamnée à répondre à des juges pervers,
« On me vit abaissée, et non pas avilie :
« Reine jusqu'à la fin, j'étonnai l'univers.

« La victime, autrefois, donnée en sacrifice,
« Couverte de festons arrivait aux autels :
« La fille des Césars est traînée au supplice
« Sous l'habit, sur le char des plus vils criminels !

« O Thérèse, ô ma Mère, ô Reine magnanime !
« Tu connus, comme moi, les caprices du sort ;
« Mais, défiant, du moins, la fortune et le crime,
« Tu sus les désarmer en affrontant la mort.

« Je voulus, comme toi, la braver. Ma constance
« Pouvait sauver ce trône, où me plaça ta main.
« J'avais ta fermeté : je n'eus pas ta puissance.......
« Et nous avons subi les Arrêts du destin. »

A ces mots douloureux, la plaintive Amazone
Se penche vers son Fils, le presse sur son cœur ;
De ses voiles flottans le couvre, l'environne ;
Et des soins maternels fait encor son bonheur.

S'éloignant de ces bords, jadis si magnifiques,
De ces jardins aimés des peuples et des Rois,
Antoinette et son Fils, spectres mélancoliques,
S'élèvent lentement sur la cime des bois.

Leur route dans les airs trace un long météore.
Le plus doux des parfums les précède et les suit.
Ils voudraient s'arrêter....... Mais la naissante aurore
Est pour eux le signal de l'éternelle nuit.

———————

N. B. Cette pièce a été lue, le 3 mai 1820, à la séance publique et solennelle de l'Académie des Jeux Floraux, par M. Carré, l'un des Quarante, élève et filleul de l'abbé Delille. Le fond du sujet et le grand talent du lecteur ont excité l'attendrissement d'une assemblée immense. (*Note des Editeurs.*)

NOTES HISTORIQUES.

Le mensonge inhumain poursuivit sa mémoire,
Et lui dispute encor des cœurs mal affermis.

Jamais princesse ne fut traitée avec plus de rage et de fureur par les fabricateurs de libelles. Ses ennemis commencèrent par lui ôter successivement la faveur et la considération publiques. Le malheureux procès du cardinal de Rohan, mêlé d'une foule de circonstances ténébreuses et romanesques, fut comme une source empoisonnée d'où l'on vit sortir les soupçons injurieux, les conjectures humiliantes, les imputations les plus graves, et cette affreuse licence de plaidoirie qui ne respecte ni le sexe, ni la naissance, ni les vertus, ni l'autorité. Le croira-t-on dans un demi-siècle?... C'est un chétif collier de seize cent mille francs, qui a brisé tous les ressorts de l'antique monarchie française, conduit la reine et son époux sur un échafaud, jeté l'esprit de vertige parmi les peuples, et désorganisé l'Europe, et le monde peut-être. Exemple mémorable et terrible du danger que mène toujours avec elle la publicité de certains débats! L'Affaire du collier, sous Louis XIV, eût été jugée, non par la Grand'-Chambre du Parlement, mais par le Roi, dans son cabinet. Le cardinal de Rohan, aimable dissipateur, prélat trop répandu, grand seigneur trop crédule, eût été renvoyé dans son diocèse de Strasbourg, avec ordre d'économiser, pour éteindre plus tôt ses dettes. Mademoiselle d'Oliva, malgré sa naïveté, eût été mise à l'Hôpital, pour y être punie d'avoir osé faire la reine; et madame de la Mothe, voleuse manifeste, intrigante jusqu'au crime de lèse-majesté, eût fini ses jours au donjon de Vincennes, ou chez les Filles du Refuge, parce que son nom de Valois n'aurait guère permis de la livrer au bourreau. Voilà comme Louis XIV eût envisagé et terminé cette déplorable affaire. Le chevalier de Brisacier, secrétaire des commandemens de la reine son épouse, abusant de la confiance de cette princesse, au moyen d'une quantité de papiers présentés à la fois, lui fit signer une lettre dans laquelle la reine, portant aux nues les mérites dudit Brisacier, priait Sobieski, roi de Pologne, de demander à Louis XIV le titre de duc pour ce Français; et Marie-Thérèse donnait assurance au roi polonais, autrefois habitant de Paris, que le jeune Brisacier pouvait le nommer son père. Le bon Sobieski écrivit dans ce sens à Louis XIV. Mais Louis, trouvant trop peu d'étoffe en Brisacier pour en faire un duc, en France, souhaita d'autres éclaircissemens de la part du roi de Pologne; Sobieski envoya la lettre même de la protectrice. La reine, interrogée sur cette lettre, reconnut bien sa signature, mais s'étonna du contenu. *Madame*, lui dit le monarque en souriant, *à l'avenir, ne signez vos lettres qu'après les avoir lues.* Brisacier fut mis à la Bastille sans éclat, à cause de sa famille qui était respectable, et puis on le bannit du royaume à perpétuité.

Non loin de ces gazons, que sa tombe décore,
Et qui virent les jours de sa prospérité.......

MARLY, jardin délicieux, situé sur la colline de Luciennes, entre Versailles et S.-Germain-en-Laye, réunissait aux somptuosités les plus exquises, tous les agrémens champêtres de la nature. La reine affectionnait particulièrement cette habitation royale. Elle y conduisait souvent M. le Dauphin, pour qui ces petits voyages, et surtout *l'écho de Marly*, étaient des encouragemens et des récompenses ambitionnées. Il faut avoir vu Marly avant nos malheurs, pour se faire une juste idée de la grandeur et de la magnificence de Louis XIV. Le château principal, situé à mi-côte, dominait le bassin prolongé des parterres, qui s'inclinaient au nord vers la riante perspective de la Seine, et se trouvaient flanqués par deux collines de bocages, où l'œil se perdait en quelque sorte dans la prodigieuse élévation des futayes. Le grand château, demeure favorite de Louis XIV, était une belle masse carrée, au milieu de laquelle s'élevait, dans toute la hauteur, un vaste salon à l'Italienne, éclairé seulement par le ciel; de nombreux appartemens régnaient autour de ce salon, sur lequel prenait jour tout le rez-de-chaussée, et les tribunes ou balcons des étages supérieurs. L'architecte, ne perdant point de vue que le jeune Roi, dans un célèbre carrouzel, avait pris sur son bouclier le soleil pour emblème, s'était plu à maintenir dans sa composition la noble allégorie; en conséquence, on avait surnommé le château *le Palais du Soleil*. L'astre éclatant y brillait, en effet, sur toutes les façades au moyen d'une fresque en or, chef-d'œuvre d'un peintre italien. Des deux côtés, en avant le long des parterres, on voyait, disposés sur deux terrasses parallèles et profondes, les douze demeures du Zodiaque : pavillons charmans et isolés, d'une structure élégante et symétrique, où les dames et les seigneurs, nommés du voyage, trouvaient des logemens accomplis, et meublés de toutes les choses nécessaires ou d'agrément. Après les statues innombrables, les jets-d'eau, les cascades, les pelouses bordées de fleurs, les dômes de charmille et de treillages, les riches volières d'oiseaux curieux, on allait admirer *l'écho de Marly*. Cet écho, l'un des plus parfaits de l'Europe, semblait avoir sa résidence dans le palais du Soleil même. On le provoquait au bas du dernier boulingrin; il nous donnait le tems de lui proposer, avec mesure, un vers de Virgile ou de la Henriade, et il le répétait posément et avec la plus aimable clarté. Un marchand de bois, de Paris, a détruit toutes ces magnificences. On ne voit plus du grand château que ses fondations à fleur de terre. L'écho subsiste encore; mais enseveli dans ces ruines, triste, informe, et dénaturé comme elles.

> Je vois, je reconnais cette fierté divine,
> Et cette grâce, enfin, le plus beau de ses traits.

MARIE - ANTOINETTE, une des plus belles femmes que le monde ait admirées, se fesait remarquer surtout par les grâces de son abord. Elle offrait ce qu'en terme de poésie on est convenu d'appeler un port de déesse. Elle, dans le positif, et mademoiselle Sainval dans le figuré, étaient deux véritables reines. Et, lorsque cette princesse venait à Paris pour quelque cérémonie d'éclat, il est impossible d'exprimer le concours, les transports et les applaudissemens de la foule idolâtre. Autant le port et le maintien de la reine étaient majestueux, autant son regard était humain et affable. Elle souriait avec une grâce infinie; et dans sa vie privée on ne se lassait pas d'admirer ses prévenances et sa bonté. Habile à entrer dans tous les détails, et à deviner tous les besoins, elle connaissait à fond les familles attachées à son service. Un jour pendant que son marchand cordonnier, venu de Paris, lui essayait une chaussure, elle lui dit avec douceur : *Je ne suis pas contente de vous; vous avez marié votre fille unique; je voulais vous aider à l'établir.* — Madame, répondit le marchand, attendri d'un semblable reproche, devais-je entretenir de pareille chose Votre Majesté! — *Votre gendre a-t-il de la fortune? Seront-ils heureux?* — Madame, le jeune homme est très-doux; il a pour le moment un emploi de neuf cents livres. — *C'est trop peu de chose que cela,* répondit la reine; *laissez-moi sa demeure et son nom*.... Avant la fin du mois le nouveau marié reçut le brevet d'un emploi de quatre mille livres.

M. Tilliard, fils aîné, un des libraires les plus distingués de la capitale, se transportait toutes les semaines à Versailles, par ordre de son père, afin de remettre à la reine les nouveautés marquantes qui avaient paru. Un jour il fut admis chez cette princesse, qu'il trouva occupée à sa broderie, entourée de madame Elisabeth et de ses enfans. Paris commençait à s'émouvoir; la reine, déjà triste, demanda les nouvelles de la capitale, que M. Tilliard lui raconta dans le plus sincère détail. Après ce récit, cette grande princesse voulut que M. le Dauphin saluât le voyageur officieux; et puis elle ajouta ces paroles : « *M. Tilliard, vous êtes fatigué ; vous n'avez pris peut-être aucune nourriture ? On va vous servir à dejeûner, dans mes appartemens.* » Il s'en défendit, comme il devait le faire, et n'obéit qu'à la fin, et par respect.

ANTOINETTE, à la fleur de sa jeunesse aimable,
Brillait comme Cypris au milieu de sa cour.

IL avait été question, un moment, de donner pour épouse à Louis XV la jeune archiduchesse; mais Marmontel nous apprend dans ses Mémoires que ce prince, naguère si beau, commençait à se croire déplacé auprès des jeunes personnes, et qu'il laissa voir beaucoup de timidité à la belle marquise de Sérent. Il prit donc le parti de persévérer dans son veuvage; et l'archiduchesse d'Autriche fut demandée pour le Dauphin. A Strasbourg, la jeune princesse eut une réception brillante, que vint traverser un violent chagrin. Les personnes de sa Maison qui l'accompagnaient depuis Vienne, et qu'elle croyait amener pour la plupart à Versailles, lui furent retirées tout à coup, et elle se trouva comme seule et perdue au milieu d'une suite nouvelle qu'elle ne connaissait pas. Logée au palais du Cardinal-Evêque, on la voyait fondre en larmes pendant ses repas qui, servis avec magnificence, ne captivaient pas même son attention. Ses beaux yeux se portaient sur sa cuillère d'or, dont elle paraissait observer la forme, et elle répondait, poliment, des monosyllabes au vieux cardinal, placé à l'autre bout de la table pour en faire les honneurs.

La ville de Strasbourg choisit vingt-cinq demoiselles, de l'âge de quinze à vingt ans, toutes belles ou jolies, et dignes par leur éducation et leurs manières d'être, un moment, ses compagnes d'honneur. Ce cercle inattendu plut beaucoup à la Dauphine, qui parla tour à tour avec ces demoiselles et l'allemand et le français. L'une d'elles, par la vivacité de son esprit, mérita sa bienveillance particulière. Elle improvisa quelques vers allemands qui charmèrent la princesse, et qui, cependant, lui prédisaient en quelque sorte des malheurs ; Marie-Antoinette voulut emmener cette jeune Flamande à Versailles, pour faire sa fortune, et ne put l'obtenir de ses parens. Louis XV admira dans sa belle-fille les grâces corporelles et les charmes de l'esprit. Il lui montra lui-même, avec le plus aimable détail, toutes les curiosités de Marly et de Versailles ; et, au milieu des divisions qui se manifestèrent dans sa famille, il se loua toujours des déférences et de la fidélité de sa *chère Dauphine*, qui l'aimait sincèrement, et le pleura beaucoup à sa mort.

Devenue reine, elle eut à se montrer sur un nouveau théâtre. Elle se livra, je le sais, à son goût pour la parure et les spectacles ; elle aima, elle encouragea les poëtes, les grands musiciens, les peintres habiles, tous les artistes fameux. Comme Louis XIV, elle favorisa le génie et le talent, qui naissaient en quelque sorte pour la célébrer et pour lui plaire ; elle perfectionna le petit Trianon, commencé par Louis XV. Quelques millions furent employés à ces embellissemens, dignes du trône. On les lui a reprochés avec amertume et barbarie ; mais que ne lui reprochait-on de

même toutes les sommes dont elle assista pendant quinze
années des milliers de familles respectables et de malheureux
dans tous les états. Ce n'est pas le luxe de Louis XIV qui
ruina la France : ce fut la guerre honorable et inévitable
de la succession. Le luxe des rois est un exemple salutaire
donné aux grands et aux brillantes fortunes. Tout le monde
n'est pas laboureur et fermier dans un beau royaume comme
le nôtre. Les peintres, les graveurs, les doreurs, les fabri-
cans de tentures, les lapidaires, les joailliers, ceux qui font
les meubles parés et les équipages, tous ces innombrables
ouvriers que la civilisation mène à sa suite, ne méritent-ils
point de vivre aussi bien que le bûcheron et le berger?
Marie-Antoinette était la reine d'un grand peuple, actif et
industrieux ; et comme Louis XIV, son modèle, cette princesse disait aux grands de sa cour : Aimons, encourageons
et soutenons nos artistes.

Amie de la France, qu'elle préférait à tout, la Reine n'a
jamais envoyé de fonds clandestins à l'empereur son frère.
C'est une grossière calomnie, que le tribunal révolutionnaire
crut devoir renouveler, et qui vient de trouver son expli-
cation et sa réfutation dans les beaux Mémoires de feu l'abbé
Georgel, secrétaire de la grande aumônerie, sous le prince
Louis de Rohan. Les sommes dont il s'agit furent envoyées
par le Roi lui-même et ses ministres ; elles étaient l'écono-
mique résultat d'un accommodement ménagé entre les Pays-
Bas et l'empereur Joseph. Si l'accommodement n'avait pas
eu lieu, la France était dans l'obligation de fournir une
armée, qui pouvait devenir ruineuse en bien peu de temps.
Et voilà comme le vulgaire juge les actions des rois ou de
leurs ministres. Ici, comme partout ailleurs, la Reine fut
victime des apparences, et de sa généreuse discrétion. L'im-
prudente guerre d'Amérique épuisa le trésor royal de France.
M. de Calonne n'osa point l'avouer aux parlements, à cause
de l'Angleterre, qui s'en serait réjouie. Et la Reine eut le
courage sublime de se taire, lorsque ses ennemis per-

sonnels osèrent l'accuser, elle seule, de cet épuisement du trésor.

- - -

Quel est ce jeune enfant qui marche à ses côtés?....
Ses charmes, sa langueur, sa figure ingénue :
Tout révèle un grand nom et des adversités.

M. le duc de Normandie, devenu Dauphin par la mort de son frère aîné, était blond et avait les yeux bleus de la Reine ; jamais on ne vit un plus agréable enfant, ni un plus aimable caractère : je vais rapporter de ce prince un mot qui est mal connu, et qui se trouve, défiguré, dans *les Enfans célèbres*. On avait donné à M. le Dauphin, pour logement, ce vaste rez de chaussée qui commence sous la grande galerie de Versailles, et se prolonge, au midi, sous le grand appartement de la Reine ; la terrasse au devant avait été couvertie en jardin pour l'enfant royal, qui, à peine âgé de six ans, connaissait déjà toutes ses plantes, toutes ses fleurs, les arrosait avec un zèle infatigable, et maniait avec grâce sa brouette chargée, sa petite bêche et son arrosoir Un treillage de précaution formait la barrière indispensable ; et les promeneurs du parc venaient contempler le jardin, le jardinier et son intéressant jardinage. La Reine assistait régulièrement à la récréation du matin, que précédait le déjeûner de son fils ; un autre enfant de même âge accompagnait M. le Dauphin, et jouissait de toute son affection et de la bienveillance de la Reine. Ce petit garçon, presque aussi joli que le prince, appartenait à un des libraires du grand escalier, nommé Lebel, qui, par tendresse et par convenance, l'habillait toujours richement. Un jour la Reine se promenant dans le petit enclos, bordé de spectateurs, loua la beauté des fleurs et la propreté des allées ; lorsqu'elle fut assise à sa broderie, le jeune Dauphin dit à Lebel : « Mon « cher ami, cueillons nos plus belles fleurs pour les donner

« à la Reine. » Et les voilà tous deux à l'ouvrage séparément.
Lebel, tenté par l'éclat des couleurs, choisit à sa manière,
et mit dans son bouquet les plus beaux soucis du jardin. M. le
Dauphin accourut, arracha toutes ces fleurs des mains de son
camarade, et lui dit avec émotion : « *Lebel, qu'allais-tu*
« *faire ! Maman n'en a que trop de soucis !* (*Nota.* Le petit
Lebel est aujourd'hui M. Lebel, imprimeur du Roi, à Versailles.)

Cet enfant serait-il la victime étonnante
Que réclame à la fois le monde et le cercueil ?

LOUIS-CHARLES, roi de France et de Navarre, après la
mort violente de son père, régna quelques instans, mais dans le
sein de la détresse et de la captivité. Le peuple, toujours ami
du merveilleux, a cru long-temps à la délivrance de cet illustre prisonnier ; et les faux Mémoires de l'abbé Edgeworth
ne contribuèrent pas peu à rendre cette erreur plausible et
générale. De ce chaos d'obscurités sont sortis tous les Dau-
phins qu'on a vu figurer dans les prisons d'état, ou sur les
bancs de la justice, et dont l'apparition criminelle, mais intéressante, a tourmenté la commisération des humains. Un
peu de réflexion aurait suffi cependant pour dissiper à cet
égard toutes les crédulités, toutes les incertitudes. Aux impos-
teurs qui disaient : *Madame de Beauharnais sauva secrètement
Louis XVII*, on n'avait qu'un mot à répondre : « Comment
« aurait-elle sauvé l'Enfant royal, cette excellente dame qui ne
« put sauver le duc d'Enghien, si éloigné de la couronne ? »

A ceux qui ont dit : *Il fut conduit à la Vendée*, on a pu répondre : « Si la fidèle Vendée avait eu le jeune Roi en son
« pouvoir, elle n'aurait pas demandé si vivement un de nos
« Bourbons à l'Angleterre. »

A ceux qui ont dit : *Il est captif ou voyageur sur les terres
étrangères*, un simple raisonnement suffira : « Les potentats

« ligués ont deux fois replacé les Bourbons sur le trône; deux
« fois ils ont mis en mouvement d'innombrables armées pour
« le triomphe de la légitimité et de la justice; et ils n'ont cou-
« ronné l'oncle que parce que le neveu n'existait plus. Si
« Louis XVII avait vu la lumière et compté parmi les vi-
« vans, n'aurait-il pas fait ses réclamations, ou par lui-même
« ou par ses conseillers intimes, ou par la voix de ses amis
« et de ses partisans? Si Louis XVII avait vu la lumière du jour,
« sa vertueuse et tendre Sœur l'aurait-elle abandonné à l'injuste
« délaissement des hommes ? Habituée aux fatigues de l'ad-
« versité et au triste pélérinage de la vie, on l'aurait vue retra-
« verser et l'Océan et les royaumes pour aller redemander
« son Frère aux souverains, à leurs ministres, aux peuples po-
« licés, aux nations sauvages, aux châteaux-forts et aux dé-
« serts. Non, non; le fils infortuné de Louis XVI et d'Antoi-
« nette n'a eu d'autre héritage que leurs amertumes; et c'est
« l'Eternité seule qui le retient, et nous en a frustrés. »

« Et, tué lentement dans un dédale sombre.......

Tant que la Reine habita le donjon du Temple, le jeune
Roi fut traité avec quelques ménagemens par les hommes de
la Commune. Cette princesse ne demandait jamais rien pour
elle-même : elle s'était résignée à son malheur; mais de temps
en temps, et avec une politesse extrême, elle hasardait quelques mots sur les besoins de sa fille et de son fils. Lorsqu'on
l'eut arrachée à cette petite famille éplorée, et que ses deux
enfans n'eurent plus pour égide ce reste de considération que
le grand caractère de la Reine obtenait des geôliers et des
pervers, M. le Dauphin tomba sans défense sous la féroce autorité de Simon, qui, pour plaire à Robespierre, son seigneur, martyrisait nuit et jour cette innocente créature. Simon, l'indigne Simon, assujétit son pupille aux plus basses

fonctions de la domesticité ; Louis-Charles n'avait que sept ans, et, malgré la faiblesse de cet âge et d'une santé qui tombait tous les jours, ce monstre l'accablait sans cesse et de fardeaux et de soins inouis, et de menaces, et de coups!!! Si Louis-Charles osait verser des larmes au souvenir de sa mère et de ses autres parens, Simon, par mille inventions calomnieuses, les lui dépeignait comme les plus vicieux ou les plus criminels des humains. A la moindre omission, à la plus petite négligence, il le privait ou de sa nourriture ou de ses vêtemens. Sa femme, très-grossière personne sans doute, avait du moins quelques heures de calme ou de contradiction active : un jour, elle arracha le petit malade des mains de son mari courroucé, qu'elle menaça d'un malheur prochain.... Simon fut guillotiné avec Robespierre et les agens de la Commune; mais sa femme lui survécut. Elle obtint, neuf ou dix ans après, une place aux Incurables de la rue de Sèves, où elle n'est morte que l'année dernière (1819), et où ses réminiscences et ses narrations ont amené bien des curieux. Les sœurs de Saint-Vincent-de-Paul avaient amolli ce cœur demi-sauvage, et y avaient fait entrer la religion et les remords. La veuve Simon ne parlait de feu Louis XVII qu'avec les égards dus à l'innocence, et de son funeste mari qu'avec horreur. Lorsque MADAME, duchesse d'Angoulême, vint visiter cet hospice, la veuve repentante voulait à toute force aller se jeter aux pieds de la princesse; on fut contraint de l'éloigner, afin d'épargner à MADAME une entrevue et une scène qui auraient pu nuire à sa santé.

« Vous avez disparu de ce triste univers.

COMMENT Louis-Charles aurait-il échappé à la politique meurtrière qui régnait alors ! On avait tué le père et la mère, on voulait à toute force que le trône parût vacant.

Robespierre, il n'y a aucun doute à cet égard, n'avait saisi la dictature que pour arriver au protectorat, et du protectorat, sans doute, à la suprême puissance. La Convention , quatre ou cinq fois décimée, baissait la tête devant ses comités, et ses deux comités devant Robespierre. Il avait guillotiné le duc d'Orléans ; il avait *expédié*, après lui , Chabot, Anakarsis, Danton, Camille Desmoulins, et tous les grands orateurs *dont les mains n'étaient point nettes*. Le tribunal révolutionnaire, soumis aux moindres émanations de sa volonté, aux moindres mouvemens de son sourcil lugubre , éclaircissait chaque jour les rangs des Feuillans modérés, des Cordeliers radoucis, des Jacobins eux-mêmes ; le pouvoir se centralisait ; la terreur des conventionnels égalait au moins celle de la France entière. Dans cet état de choses , Robespierre , feignant de prendre en compassion le fils de son monarque , lui permit d'aller respirer l'air, une heure ou deux, de temps en temps, sur la haute galerie du Temple , dont les créneaux venaient d'être remplis par des abat-jours. Ces abat-jours ôtaient la vue de la campagne ; il fut question d'en supprimer un , et de précipiter le jeune Roi par cette ouverture, en attribuant cet événement sinistre à sa pétulante curiosité. Le député à qui cette horrible mission fut présentée la refusa courageusement ; son refus le fit inscrire aussitôt sur la liste fatale ; il s'en doutait, il en eut la conviction. Dès-lors, se réunissant à des collégues tombés eux-mêmes dans la disgrâce , et peu assurés d'un lendemain, il forma cette fameuse conspiration du 9 thermidor qui vengea en partie l'humanité, et nous délivra de Robespierre.

« Dans les cachots, témoins de ma longue souffrance,
« Je formais votre cœur, j'aidais votre raison.

Les premières éditions des *Mémoires de Cléry* furent excellentes ; ce livre, dont M. Cléry , valet-de-chambre de

Louis XVI, fournit les notes, avait pour auteur un évêque distingué par sa naissance, par sa fidélité, par ses talens. Mais bientôt un si intéressant ouvrage devint la proie de l'intrigue : on le falsifia. Par ce livre et par la famille Cléry on a su que la reine, au milieu des dangers et de la confusion générale qui l'entouraient, se livrait à l'éducation de son fils, comme si elle eût été encore à Versailles ou aux Tuileries. A défaut de livres, elle puisait dans sa propre instruction, qu'elle avait perfectionnée en France. Elle ornait la mémoire du jeune roi par des récits analogues à sa triste position, et aux fautes ministérielles, premières causes de nos malheurs. Elle voyait avec espérance que, dans cette âme douce, la valeur guerrière se laissait pressentir, et que le regard de son pupille s'animait d'enthousiasme lorsqu'on lui retraçait la vie héroïque de quelques-uns des rois ses aïeux. Pour lui apprendre le respect qu'il se devrait bientôt à lui-même, elle lui prodiguait les déférences respectueuses qui appartiennent aux souverains; et, quoique veuve d'un monarque et fille d'un empereur, elle ne consentait à s'asseoir à table que lorsque le prince était assis.

Les ennemis de la reine ne cessaient de la représenter au peuple comme une femme vindicative, qui inculquait à son fils, pour premières maximes, la vengeance et les punitions. Marie Antoinette recommandait, au contraire, à ses deux enfans l'oubli des erreurs populaires, et cette clémence motivée qui termine les révolutions; on l'a bien vu dans le testament admirable qu'elle adressait à sa Sœur, peu d'instans avant de quitter la vie. La reine assurément n'était point vindicative; mais, comme toutes les âmes nobles et généreuses, elle ressentait vivement les ingratitudes, et les outrages non mérités : un caractère qui souffre tout n'est pas un caractère.

« Aux plus noirs attentats je pouvais me soustraire ;
« Je pouvais m'élancer vers les Rois protecteurs.

La Reine, à son départ pour Longouï, ne voulut point précéder la famille royale : sa tendresse et sa générosité la perdirent. Elle ne put effectuer de si nombreux préparatifs, sans donner quelque éveil autour d'elle ; une femme de chambre, mise au château par ses ennemis, leur avait transmis ses observations et communiqué ses méfiances. La nuit du départ, la Reine, en traversant le jardin des Tuileries, au milieu des ténèbres, aperçut un aide-de-camp, dont elle n'était point aimée, et qui venait dans le sens opposé. Elle éprouva une inquiétude extrême, et fut presque tentée de ramener ses enfans au château. Mais l'officier ayant suivi sa route, la Famille royale sortit par la cour de l'Orangerie, aujourd'hui la grille de Saint-Florentin ; et les carrosses franchirent bientôt les barrières, au moyen de faux passeports. Tout le monde sait la catastrophe de Varennes. Un maître de poste, refusant ses chevaux, déclara captif son monarque, et fit sonner tous les tocsins pour attirer le peuple des environs. Louis fut ramené au sein de sa capitale, et la Reine, le désespoir dans le cœur, éprouva durant la route mille injures inévitables et mille consolations sans effet. Si, à Varennes, Louis XVI avait permis que ses gardes-du-corps et ses domestiques eussent lié le maître de poste comme un rebelle et un malfaiteur, tout était sauvé. Un régiment de dragons venait à bride abattue pour protéger la marche : quand ces braves soldats se montrèrent, tout était consommé, tout était perdu. M. le comte de Provence, voyageant comme un lord anglais, avait dépassé toutes les mairies ; et sa voiture avait enfin roulé sur terres étrangères. La nouvelle de son apparition se répandit aussitôt par delà la frontière ; et l'on vint annoncer à la princesse Christine que la Reine et le Roi étaient sauvés. La gouvernante des

Pays-Bas, dans sa joie extrême, se fit conduire au galop vers les lieux où elle croyait revoir Antoinette sa sœur. ... mais elle elle n'y trouva que la consternation et la vérité. M. l'abbé de Bévy, historiographe de France, a vu de ses propres yeux cette affligeante scène, et mêlé ses pleurs à ceux de l'admirable Christine, qui l'honorait de sa confiance et de son amitié.

« Loin de vous, de ma fille, et d'une sœur chérie.......

La tendresse de la Reine pour Madame Royale ne se démentit jamais. Aux jours de la prospérité comme aux jours de l'infortune, elle dirigea elle-même son éducation, voulant rendre à sa propre fille les mêmes soins et le même important service qu'elle avait reçus à Vienne de l'impératrice sa mère. Marie-Antoinette, accoutumée à l'admiration et à l'espèce de culte que sa présence excitait en tous lieux, ne paraissait plus attacher de prix qu'aux éloges donnés à la beauté de son Dauphin et de sa fille. Un jour, MM. Lessourt, négocians de Paris, se promenant dans les jardins de Trianon, furent amenés par un sentier couvert jusqu'à la pelouse où se promenaient la Reine et sa fille. Ils s'arrêtèrent aussitôt pour céder la route aux princesses; et l'un d'eux dit à l'autre, en anglais : *La Reine cultive avec délices une bien jolie fleur.* Ils ne pensaient pas que la Reine sût l'anglais; mais cette princesse, les remerciant avec dignité, dit en souriant à Madame : *Ma fille, saluez ces messieurs, qui font votre éloge.*

La vive amitié de madame Elisabeth pour la Reine est la plus éloquente apologie que puisse invoquer dans tous les siècles la mémoire de Marie-Antoinette; car on sait dans l'univers entier qu'Elisabeth et la vertu étaient les deux mots synonymes. Lorsque Robespierre voulut faire périr la sœur de son Roi, il fut dans un étrange embarras, car de quoi pouvait-il accuser, en son tribunal, celle qui, modeste et pour ainsi dire inconnue, ne s'était jamais occupée des affaires d'Etat, consacrant sa vie et ses loisirs à l'étude, à l'amitié, à la bienfesance ? Il l'accusa d'avoir conservé dans son cœur une place de prédilection à l'excellent Comte d'Artois son frère, et de s'être démunie de ses diamans pour secourir ce prince dans son exil. Madame Elisabeth fut menée à la mort avec les dames de Loménie et les dames de Sainte-Amaranthe. Aux approches du Pont-Neuf, le vent ayant fait voler la coiffe légère de madame Elisabeth, toutes ses compagnes de proscription, dont les bras étaient liés, agitèrent leurs têtes pour faire tomber aussi leurs bonnets : ne voulant pas rester couvertes, quand la sœur de leur Roi souffrait les injures de l'air.

———

La concierge Richard était une petite femme brune, fort active et insinuante. Elle s'attendrissait avec les malheureux, dans les entrevues qui précédaient leur condamnation. La sentence une fois prononcée, elle les abordait avec familiarité et dureté; les fouillait impitoyablement, et leur faisait couper les cheveux en sa présence. Un jour elle fouillait sans ménagement un jeune homme condamné à la déportation, ou aux fers pour la vie : il la poignarda; et fut condamné à mort à l'instant même. Quelques mois plus tard, le concierge, resté veuf, apprit qu'on allait lui faire son procès pour des soustractions et des rapines sans nombre, il se précipita par une croisée, et mourut sur le pavé de la prison. Ce Richard et sa femme avaient dénoncé l'officier de gendarmerie et les deux gendarmes qui s'étaient montrés humains et respectueux pour la Reine.

Après la condamnation de madame Elisabeth et de ses compagnes, toute cette colonie de jeunes victimes, arrivée au bas de la Conciergerie, se mit à pleurer sur le triste sort de madame Elisabeth........

Remercions Dieu; plutôt, *de notre délivrance*, leur dit la Princesse avec sérénité; *et recommandons-lui mes pauvres pupilles.*

La fille de saint Louis et toutes ses compagnes se mirent à genoux, et, joignant les mains, elles offrirent à Dieu une prière, que la princesse récitait à haute voix. La femme Richard, témoin de ce spectacle, trouva la prière trop longue, et contraignit ces dames de se retirer dans une salle, où, après les avoir toutes fouillées, elle leur fit couper les cheveux.

Condamnée à répondre à des juges pervers;
On me vit abaissée, et non pas avilie :
Reine jusqu'à la fin, j'étonnai l'univers.

Arrivée à la Conciergerie, la Reine fut logée dans une petite chambre humide, voisine de l'égout. Un gendarme, placé en dehors, veillait nuit et jour à sa porte. La femme Richard, concierge, se présenta.t assez fréquemment, et tâchait de persuader à l'auguste captive que sa cruelle position lui navrait le cœur. La Reine, par bonté naturelle et par l'excès de ses besoins, accepta les bons offices de cette méchante femme. Elle en obtint un oreiller pour son lit, et un débris de tapisserie pour absorber l'humidité de sa chambre; enfin elle sollicita de madame Richard une plume, de l'encre et une feuille de papier pour écrire à madame Elisabeth cette lettre d'adieux, qu'on vient de surnommer *Testament de la Reine*. La femme Richard, malgré sa parole donnée, ne fit point parvenir cette lettre à son adresse, mais s'empressa de la livrer à Fouquier-Tainville, qui la transmit aux comités; et c'est, en effet, chez un membre de ces comités fameux qu'on l'a retrouvée après plus de vingt années.

La Reine, en paraissant devant ses juges, savait très-bien qu'elle était condamnée à la mort : ce n'est donc pas à eux qu'elle adressa quelques réponses justificatives : elle crut devoir les adresser à la postérité. Malade et souffrante, elle évita de paraître abattue ; naturellement fière et majestueuse, elle comprima son naturel, pour qu'on ne l'accusât point d'orgueil. Son génie et sa raison lui inspirèrent ce maintien mitigé, qui força les pervers à reconnaître une Reine, et qui permit à la compassion de l'admirer, en versant des pleurs. Le président, audacieux et féroce, la tutoya constamment. Lorsqu'il lui demanda ses noms, son âge, elle répondit avec noblesse : *Marie - Antoinette - Josèphe - Jeanne de Lorraine, Archiduchesse d'Autriche....* Point, point d'*Archiduchesse*, reprit le juge en l'interrompant, la république ne reconnaît point toutes ces misères. On lui reprocha les dépenses du Petit-Trianon. Elle répondit : *Si les dépenses de ce bâtiment ont excédé mes intentions, c'est la faute des architectes : les grands et les riches sont sujets à être trompés.* On attaqua insolemment sa vie privée : elle répondit *que de puissans ennemis avaient calomnié sa conduite ; que, prête à paraître devant Dieu, sa conscience ne lui faisait aucun reproche ; et que l'avenir la justifierait pleinement.* On lui reprocha des envois d'argent à l'empereur son frère ... Elle répondit *que la France, devenue sa patrie, lui avait été plus chère que sa terre natale ;* et elle nia avec courage la dissipation *dont l'erreur l'accusait.* On lui reprocha l'appel des armées étrangères.... Elle répondit sans balancer *que le Roi Louis XVI ne l'avait point admise à ses conseils secrets ; mais que, dans tous les cas, elle avait dû souhaiter, comme épouse, comme mère, comme Française, le rétablissement de l'ordre et de la tranquillité.* Alors ses assassins, furieux, l'accusèrent d'avoir voulu former au vice et d'avoir corrompu elle-même son Dauphin.... âgé de sept ans !!! Une pareille accusation ne devait obtenir que le silence et le regard du mépris : mais la Reine, n'écoutant que l'indignation de la vertu, se leva précipitamment, malgré ses gendarmes, et, les yeux remplis de larmes tumultueuses, elle s'écria : *J'en appelle à toutes les mères ici présentes : un pareil crime est-il dans la nature !* Ce mouvement, ces larmes, le son de cette voix, ces paroles admirables bouleversèrent l'assemblée entière. Les juges et les jurés pâlirent. La force armée laissa couler des pleurs, et les femmes du peuple, touchées de l'innocence de leur Reine, se regardèrent entre elles, baissèrent les yeux en pleurant, et sortirent peu à peu de cette criminelle enceinte, où des tigres à face humaine buvaient, nuit et jour, le sang humain. La Reine, atteinte d'une hémorragie continue, perdait tout son sang, qui ruisselait en présence des juges. On la reconduisit dans les profondeurs de la Conciergerie, et le fatal jugement ne tarda pas à lui être notifié. Un officier de gendarmerie et deux gendarmes lui avaient témoigné des égards et une vive compassion : ils furent dénoncés à Fouquier-Tainville, et mis à mort peu de temps après.

   « La fille des Césars est traînée au supplice
   « Sous l'habit, sur le char des plus vils criminels.

La compassion et le respect que la Reine avait inspirés pendant les débats, causa quelque inquiétude à ceux qui dirigeaient alors nos destinées ; ils firent dissiper les groupes qui s'entretenaient de ce féroce jugement, et l'on arrêta les indiscrets qui répétaient, en les approuvant, les belles réponses de l'Accusée. Cette noble victime avait paru trop intéressante avec ses longs vêtemens noirs qui rappelaient un bon Roi ; au moment de partir pour l'échafaud, on la dépouilla de son costume de veuve, et on la força de revêtir un petit vêtement blanc presque usé * qu'on venait d'acheter,

----

* L'excellente actrice, Mlle Duchesnois, dans son rôle de *Marie Stuart*, paraît, vêtue de blanc, au dernier acte, lorsqu'elle va passer à l'échafaud. Cette touchante allusion a vivement ému le public.

rue de la Calandre, et qui fut payé six francs!!! Les huées, les imprécations, les outrages salariés qu'éprouva la Reine durant sa longue route, ne servirent qu'à lui faire mieux apprécier l'espèce humaine, et à la détacher victorieusement d'un monde où il faut avoir pour associés et pour arbitres des êtres aussi corrompus.

Arrivée au pied de l'échafaud, elle regarda un instant le palais du Garde-Meuble, qui lui rappelait son fatal mariage; elle se recueillit, et commença sa dernière prière, que les bourreaux ne lui donnèrent pas le temps d'achever.

Ainsi périt, à l'âge de trente-sept ans, Marie-Antoinette-Josèphe-Jeanne de Lorraine, archiduchesse d'Autriche, reine de France et de Navarre, princesse accomplie, qui nous aimait et nous estimait, avant de nous connaître, et qui, de bonne heure, préféra notre France à tous les royaumes chrétiens, parce que cette France avait eu pour monarques Henri IV, le meilleur des hommes, et Louis XIV, le plus étonnant des héros.

Espérons qu'une si déplorable catastrophe ne sera point perdue pour les générations à venir, et qu'un monument, digne de cette Reine infortunée, perpétuera, dans la capitale, et son image et nos regrets.

« O Thérèse, ô ma Mère, ô Reine magnanime !
« Tu connus, comme moi, les caprices du sort !

MARIE-THÉRÈSE, chassée de Vienne, sa capitale, par le conquérant victorieux, se retira dans son royaume de Hongrie, dont elle convoqua précipitamment la noblesse. Tous ces gentilshommes, en voyant sa jeunesse, ses pleurs maternels et sa noble intrépidité, baissèrent aux pieds de son trône leurs fidèles épées, et prononcèrent avec enthousiasme le fameux serment : *Moriamur pro Rege nostro*

Mariâ-Theresiâ : Mourons, mourons pour notre Roi Marie-Thérèse. Vêtue en amazone, elle se mit à leur tête, décida de la victoire, et reconquit ses états.

A la funeste journée du 10 août 1792, notre Reine héroïque voulut sauver la France, en paraissant, comme sa mère, à la tête d'un corps d'élite, pour haranguer le peuple et présenter son fils aux soldats. Cet acte de courage et de dévoûment eût enflammé ses amis, attendri les indifférens et paralysé les rebelles. Le bataillon des Filles-Saint-Thomas et d'autres divisions de la garde nationale parisienne étaient dévoués à la famille roya'e, et n'attendaient qu'un chef et un signal : rien ne parut. Louis XVI voulut confier sa personne, son épouse, sa sœur, ses enfans, toutes ses destinées, à l'Assemblée législative.... qui avait excité la tempête. La Reine, émue jusqu'aux pleurs, le conjura de ne pas commettre cette imprudence : ses conseils ne prévalurent point ; et à peine quelques instans s'étaient-ils écoulés, le sceptre et la couronne furent brisés, la république proclamée, sous les yeux du monarque, et les enfans de Louis XIV chargés de fers.

PORTRAIT DE LA REINE.

Marie-Antoinette avait une de ces figures plus frappantes que régulières, et dont la physionomie et les grâces distinguées constituent la véritable beauté. Ses grands yeux bleus, à fleur de tête laissaient voir tout son génie et son esprit : esprit de discernement, et non pas d'ostentation, esprit de supériorité obligée, qui, chez les souverains, est un attribut d'état, comme chez les particuliers une parure. Son nez, légèrement aquilin, n'était pas aussi prononcé que dans les médailles. Son front, assez élevé, formait dans son milieu comme une division ou fossette, pour se dessiner un peu carrément au-dessus des tempes, comme tous les fronts des princes lorrains. Son col, par son élévation, favorisait le port libre et majestueux de sa tête, et autorisait ces larges nattes mouvantes et ces boucles parfumées à quoi se prêtaient ses beaux cheveux; ils étaient blonds; et donnèrent naissance à la mode la plus durable qu'on ait vue en France, et qu'aient adoptée les pays étrangers : long-temps nous n'aimâmes qu'une couleur, la couleur des *cheveux à la reine.* La taille de Marie-Antoinette était la taille avantageuse des femmes, son maintien lui prêtait quelque chose de théâtral. Quoique la liberté de la vie privée eût pour cette princesse bien des charmes, elle tenait sa cour avec une admirable assiduité; et les princes étrangers, tous les voyageurs illustres se louaient de son accueil et du noble à propos de ses discours. Musicienne consommée, sa voix et sa harpe savante brillaient dans les concerts. La poésie française avait pour son cœur mille charmes; elle la cultivait avec succès; et nous dûmes à sa protection et à sa noble générosité la muse de Collin-d'Harleville, et le poëme éclatant des Jardins. Dans les bals, elle était le plus souvent spectatrice; elle y jouait son rôle quand il le fallait, mais alors elle marchait plutôt qu'elle ne prenait part à la danse, laissant à quelques mouvemens de mesure le soin de faire croire que la reine de France dansait. Avant les Etats-Généraux, le fond de son caractère était l'enjoûment du bonheur et de la jeunesse; à dater de nos discussions politiques elle perdit sa sérénité. Les libelles, les trahisons, les émeutes, les ingratitudes multipliées agitèrent et bouleversèrent sa belle âme. Les injustices prodiguées au roi le plus humain et le plus juste, brisèrent mille fois son cœur; les irrésolutions de ce monarque la mirent au désespoir. Le séjour forcé de Paris, et la triste habitation des Tuileries lui enlevèrent son embonpoint et sa fraîcheur : la reine de France ne se plaignait pas, mais Marie-Antoinette fondait en larmes. Si la loi salique ne l'avait pas condamnée à un grand titre sans puissance, elle avait assez d'activité pour se grossir un parti, assez d'éloquence pour électriser les siens et la multitude, assez de justesse dans l'esprit pour rétablir ses Parlemens, se donner un connétable, assez de probité pour récompenser tous les dévoûmens, tous les services; assez de grandeur d'âme pour faire tête aux orages, pour enlever la victoire, pour consoler et ramener les vaincus.

Louis XIV, d'une taille élevée et majestueuse, d'une figure séduisante quoiqu'héroïque, d'une valeur qu'il transmettait à tous ses soldats, commença par se faire adorer de ses peuples, et puis régna (comme le Soleil son emblême), par la nécessité même de son influence et de son éclat. Mais Louis XIV ne pouvait convenir qu'à des Français : il fallait à ce monarque une Noblesse imitatrice et chevaleresque, et des sujets, admirateurs passionnés de ses faiblesses, de ses travaux, de sa splendeur et de son pouvoir. En Angleterre, Louis le Grand se serait trouvé à la gêne, il aurait souffert, ou changé l'Etat. Marie-Antoinette avait quelque chose de Louis XIV; mais, par son sexe même, elle ne pouvait se passer de collaborateurs et d'appui. Sur le trône de France, tous ses grands moyens furent inutiles; en Angleterre, elle eût embelli et honoré le trône, comme Marie, ou comme Elisabeth.

Nota. J'ai dit ici, et dans mon Histoire de madame de Maintenon, que *Louis le Grand avait une taille élevée,* parce que madame de Maintenon, compagne du monarque, et la princesse Palatine, sa belle-sœur, le disent formellement dans leurs lettres. Je l'ai affirmé, parce que tous les livres contemporains, les tableaux, les statues, les médailles, la collection précieuse des Gobelins, les témoignages de Louis XV, de Duclos, de Voltaire *, et la tradition imprescriptible de l'Europe ne laissent aucun doute à cet égard. Le corps humain, dans la longue paix du sé-

---

* Voltaire, *Commentaires sur Corneille*, à l'article *Bérénice* de Racine, acte 1er.

3

pulcre, perd un cinquième de sa hauteur par le dessèche-
ment et la disparition des cartilages. Si le squelette du grand
roi parut petit aux violateurs des tombes royales, son cercueil leur sembla trop long pour le corps; et cette discor-
dance explique suffisamment ce que je n'aurais pas eu besoin
d'expliquer, sans l'erreur involontaire de M. de Château-
briand, dans ses beaux *Mémoires du duc de Berry*.

EXHUMATION DE LA REINE.

Par ordre du Roi, et deux jours avant la cérémonie
du 21 janvier 1815, M. de Barentin, chancelier de France,
et M. le prince de Poix (Noailles), capitaine des gardes-du-
corps, se transportèrent officiellement au cimetière de la
Madeleine, faubourg Saint-Honoré, pour y procéder à l'ex-
humation des restes mortels du roi Louis XVI et de la reine
Marie-Antoinette, son épouse. Ce cimetière, abandonné depuis l'année 1720, n'avait été rouvert qu'en 1793, pour recevoir les innombrables victimes du tribunal de sang. Abandonné de nouveau, après le supplice de Robespierre, il avait
été vendu comme *propriété nationale*; et un homme de bien
(M. Descloseaux), s'en était rendu acquéreur, dans l'unique
intention de le protéger. Ce triste enclos touchait à son habitation; il l'avait planté d'arbres odoriférans et d'arbres al-
légoriques; un vert gazon, mêlé de fleurs, recouvrait la terre
aplanie; et dans l'angle du nord une petite croix de pierre
indiquait la sépulture du bon Roi. Le corps de Louis XVI
fut trouvé à dix pieds de profondeur; celui de la Reine, à une
profondeur moins considérable; une couche fort épaisse de
chaux pétrifiée abritait le cercueil de cette princesse, dont
le corps, après vingt années, offrit encore des vestiges qui
frappèrent les spectateurs. M. de Barentin, âgé de plus de
quatre-vingts ans, joignait ses mains et priait, à genoux sur
une petite éminence. Lorsque les fossoyeurs présentèrent un
des bas, les jarretières élastiques et des cheveux de la Reine,

le prince de Poix, tout en pleurs, poussa un cri, s'évanouit et tomba à la renverse. Placé à une croisée de la maison voisine, j'ai vu moi-même ce que je raconte ici; et je ne me suis fait la violence d'en être le témoin, qu'afin d'en parler plus sûrement dans mes Mémoires historiques.

ANECDOTES DIVERSES,

Qui prouvent le bon cœur et le bon esprit de la Reine.

Plusieurs personnes se rappellent encore l'extrême désolation que laissa paraître la jeune Dauphine, lorsqu'un jour, à une chasse de Louis XV, le cerf fugitif blessa un pauvre cultivateur des environs de Fontainebleau, et l'étendit presque mort dans le jardin de sa cabanne. Tous les livres racontent que Marie-Antoinette, s'élançant de sa calèche, pénétra jusqu'à cet infortuné, se mit à pleurer avec les bonnes gens de sa famille, essuya les flots de sang avec son mouchoir et sa robe, donna tout l'argent dont elle pouvait disposer, prit le malade sous sa protection, et ne manqua pas de revenir ou d'envoyer chaque jour, dans cette chaumière, jusqu'à la parfaite guérison.

Louis XVI portait quelquefois trop loin sa popularité. Il lui arriva de monter un jour sur des échafaudages de maçonnerie, pour y vérifier quelque objet de plus près. Trahi par sa vue courte, il allait poser son pied sur une planche incertaine, et sa chute paraissait inévitable. Un maçon, qui vit le péril, assura la planche, au risque de périr lui-même, et attirant le Prince avec violence, le mit en lieu de sûreté. Après quoi, ce brave homme, songeant à la brusquerie de ses mouvemens, et peut-être de ses paroles, fit des excuses au Roi. Louis XVI l'excusa sans peine, et lui donna un louis d'or. — « Ce louis d'or, s'écria la Reine, votre libérateur le « conservera toute sa vie, par attachement et par respect ; « je prie Votre Majesté d'accorder une pension de 600 fr.

« sur sa cassette, à l'homme courageux qui vient de sauver
« le Roi de France. » Le Roi accorda la pension.

Avant la révolution de 89, les cavaliers de maréchaussée,
(aujourd'hui gendarmes) s'équipaient à leurs frais. Un jour,
à Saint-Cloud, la Reine, du haut de son balcon, aperçoit un
mouvement extraordinaire parmi les cavaliers de service
au château. Elle envoye une personne de confiance. On lui
rapporte qu'un cheval des gendarmes, atteint par un autre
cheval, vient d'avoir la jambe cassée ; et que le pauvre
cavalier est dans la consternation. Aussitôt la Reine prend
le chapeau d'un des princes ses frères. Elle fait la quête dans
son salon de compagnie ; y ajoute vingt louis de son chef ; et
fait remettre ces soixante dix louis * au gendarme, pour le
consoler de son accident. A cette nouvelle, le poste tout
entier, jettant ses chapeaux en l'air, remercia la Princesse
par mille cris de *Vive la Reine !* et vint renouveller ses
remercîmens sous son balcon.

La Reine, qui vivait on ne peut mieux avec toute sa
Royale famille, allait voir, de temps en temps, madame
Louise, aux Carmélites de Saint-Denis. Elle y amenait ses
enfans. Un jour, Madame Première, âgée alors de cinq ou
six ans, laissa tomber son mouchoir. La Reine, par un regard, souhaita que la jeune enfant le ramassât elle-même ;
et comme les religieuses se baissaient pour lui épargner ce
soin : *Non, non, ma tante*, dit la Reine à madame Louise,
*je ne le permettrai pas. C'est ici la maison de l'humilité :
je veux que ma fille, toute enfant qu'elle est, y reçoive
une leçon d'obéissance et de modestie.* Paroles admirables,
que les historiens de cette grande Reine ne manqueront pas
de recueillir. Les religieuses de Saint-Denis, encore vivantes,
leur en diront l'authenticité.

Lorsque M. le Dauphin (de Normandie) fut parvenu à
sa deuxième année, la Reine le conduisit à Saint-Denis, pour-

* 1700 francs.

la satisfaction de madame Louise. Toute la communauté fut admise à baiser la main du royal nourrisson. Mais les sœurs de la buanderie et de l'infirmerie étaient retenues au loin dans le monastère, et ne pouvaient prendre part à un si grand bonheur. La Reine, entrant dans leur sensibilité, pria madame Louise de la conduire auprès de ces bonnes sœurs absentes, et elle-même alla leur montrer M. le Dauphin. On reconnaît à ces ingénieuses délicatesses toute la présence d'esprit, toute la royale bienveillance, toute la séduisante aménité de sa Nièce auguste, que les Parisiens adorent, et qu'adorait avec tant de raison notre infortuné Duc de Berri.

La REINE, *favorable à M. Collin-d'Harleville.*

Feu M. Collin-d'Harleville avait pour père un avocat de Chartres, qui, de bonne heure, le destina au barreau : mais comme la nature donne ses ordres la première, le jeune Collin se montra poëte aussitôt qu'il put exprimer ses idées, et choisir ses livres et ses auteurs. Térence, Plaute, Molière, furent bientôt ses amis; et tout l'argent dont sa tendre mère lui faisait cadeau, il le dépensait au théâtre. Il vint à Paris de bonne heure pour y faire ses études en droit; et, en attendant, il fut mis chez un procureur, suivant l'usage. Il suivait les Ecoles, pour être en règle; il se rendait à l'*Etude*, pour ne point affliger ses parens; mais il ne pouvait souffrir ni la jurisprudence, ni la chicane. Il faisait des vers en secret, et l'on ne trouvait, dans ses tiroirs et dans ses cartons, que des ébauchés de comédies. Il composa son *Inconstant*, ouvrage alors en cinq actes, et le fit recevoir au Théâtre-Français; Molé eut le principal rôle; mais ce grand comédien n'aimait ni l'auteur, ni l'ouvrage; et durant dix années entières il accabla M. Collin et de froideurs et de dégoûts. Le jeune homme, perdant tout espoir, tomba dans une sombre mélancolie, que les reproches d'un père, honnête

homme, venaient augmenter de jour en jour. M. Collin, va-
létudinaire, habitait Versailles, durant la belle saison ;
des dames anglaises le prirent en amitié, connurent sa comédie, en parlèrent à la première femme-de-chambre de la
Reine ; et Marie-Antoinette, sensible à la désolation du jeune
auteur, chargea madame C..... de le lui présenter à Trianon.
M. Collin était fort timide. La Reine encouragea sa timidité ;
et il lut sa comédie à merveille. Dès le lendemain, Molé reçut
ordre de se rendre à Versailles, et la Reine lui fit dire avec
douceur qu'elle voulait voir représenter incessamment l'ouvrage de Collin-d'Harleville. Molé, pour plaire à sa souve-
raine, joua le grand rôle avec tout ce prestige que nous lui
avons connu; la pièce réussit et fut trouvée charmante. Voilà
le poëte au comble de ses vœux : ce n'était rien que ce premier succès ; Molé, qui n'avait rien de mauvais dans le cœur,
vint faire sa cour au poëte, et lui dit avec bonhomie : *Vous
avez plus d'esprit que moi ; et je ne croyais pas la Reine un
si bon juge. Faites-moi de bons rôles , M. Collin , je mettrai
désormais mon bonheur et ma gloire à vous représenter.* Cet
acteur inimitable a tenu parole ; et tant qu'il a vécu, les ou-
vrages de Collin-d'Harleville ont fait les délices du public.

Charmée du premier succès de son poëte, la Reine le fit
appeler , et lui donna l'idée de *l'Optimiste* , pièce à la fois
comique et touchante, où le caractère du Roi Louis XVI fut
retracé et mis dans tout son jour. Rien ne peut être comparé
au succès prodigieux qu'obtint cet ouvrage. Après la repré-
sentation , le Roi, tout ému, fit venir dans sa loge le bon
Collin-d'Harleville; en présence de la cour et du public en-
chantés, ce prince embrassa le poëte, l'anoblit, lui fit présent
d'une épée couverte de pierreries, et lui annonça une pension
de mille écus sur sa cassette. La Reine ajouta de nobles libéralités aux libéralités du monarque, et permit qu'on la félicitât
des grands talens de M. Collin. Il y avait déjà cinq ans que
cette princesse infortunée avait péri sur un échafaud, lorsque
j'eus l'honneur de me lier avec M. Collin-d'Harleville; il fon-

dit en pleurs en me racontant tout ce que je viens d'écrire ;
et, me faisant remarquer le dépérissement de sa santé, chose
visible et effrayante , il me dit avec un soupir : *Je voudrais
être mort depuis cinq ans.*

Jacques DELILLE ; ses dernières volontés.

Le plus doux , le plus aimable des hommes a eu des ennemis bien violens et bien acharnés. Les devait-il à sa gloire
littéraire, ou à sa noble fidélité pour les Bourbons?... Il est
hors de doute que le plus implacable de ses détracteurs
haïssait en lui l'homme à grands talens , et mille fois plus
encore le royaliste fidèle.

L'abbé Delille ne fut jamais dans les ordres sacrés ; professeur au collége de La Marche, il était simple tonsuré
lorsqu'il publia sa belle traduction des *Géorgiques*. La reine
Marie – Antoinette , passionnée pour notre littérature , fit
remettre au jeune professeur une gratification de deux mille
francs, ordonna qu'il lui serait présenté dans ses jardins de
Trianon, lui récita elle-même, pour l'encourager, les plus
beaux passages de son livre , et lui donna la première idée
de son Poëme des Jardins. L'abbé Delille, comme tous les
artistes , était sensible à la louange : celles d'une reine aimable et universellement adorée électrisèrent son talent ; il
publia bientôt ce Poëme enchanteur des *Jardins*, où *la jeune
Déité de Trianon* admira le talent , inspiré par la reconnaissance.

Marie-Antoinette possédait au plus haut degré la science
des procédés et l'art séduisant d'être utile. Cette princesse
daigna s'occuper de la fortune de son poëte, et lui donna le
premier bénéfice-simple qui vint à vaquer *. Ce bénéfice
exigeait *les quatre mineurs*. M. Delille se rendit auprès d'un
évêque, pour faire la retraite d'usage, et recevoir une ordi-
nation, qui n'est que préparatoire. L'abbé Delille n'a done

---

* Une abbaye de dix mille livres de revenu.

jamais été que *minoré :* tout le surplus est de l'invention de ses méchans adversaires.

En 1813, lorsqu'il mourut, sa famille éplorée voulait le faire embaumer sans éclat, et transporter son cercueil dans un cimetière de campagne ; mais un membre de l'Institut (feu M. Regnault de Saint-Jean-d'Angely) accourut, au nom de sa Compagnie, et vint donner des ordres, qui dérangèrent tous les projets.

Les obsèques furent brillantes, et dignes de ce poëte illustre ; elles furent très-dispendieuses : et, quoi qu'on en ait dit, dans le temps, la veuve en supporta tous les frais. Le corps de M. Delille fut embaumé. Le baromètre étant à l'orage, les médecins se hâtèrent ; et après avoir haché le cœur avec le cerveau, ils les déposèrent non dans la tête, mais dans la gorge et la poitrine. Je rapporte cette circonstance comme un fait, et j'en ignorai le motif ou l'intention. Les choses étant terminées, on allait descendre le corps dans la salle de Louis XIV, lorsque madame Delille envoya secrètement deux petits émaux, qu'une personne de confiance remit à l'un des chirurgiens. On attira M. Regnault dans une pièce voisine, et on plaça les deux émaux sur la poitrine du défunt, qui l'avait ainsi ordonné avant sa maladie.

Hommes de bien, qui lirez cet article, laisser couler vos pleurs, et ne refusez pas ce dernier hommage au héros de la reconnaissance et de la fidélité. Ces deux émaux, bien précieux, étaient deux magnifiques portraits de Louis XVI et de la Reine. Le poëte, inspiré par son cœur, avait chanté leur magnificence et leurs infortunes. Il n'avait pu les délaisser durant sa vie, il ne put les délaisser après sa mort. (*Extrait du* Conservateur Littéraire, *journal du plus grand mérite, rédigé par MM. Hugo.*)

De l'Imprimerie d'A. EGRON, rue des Noyers, N° 37.

TABLE DES MATIÈRES.

FIN.

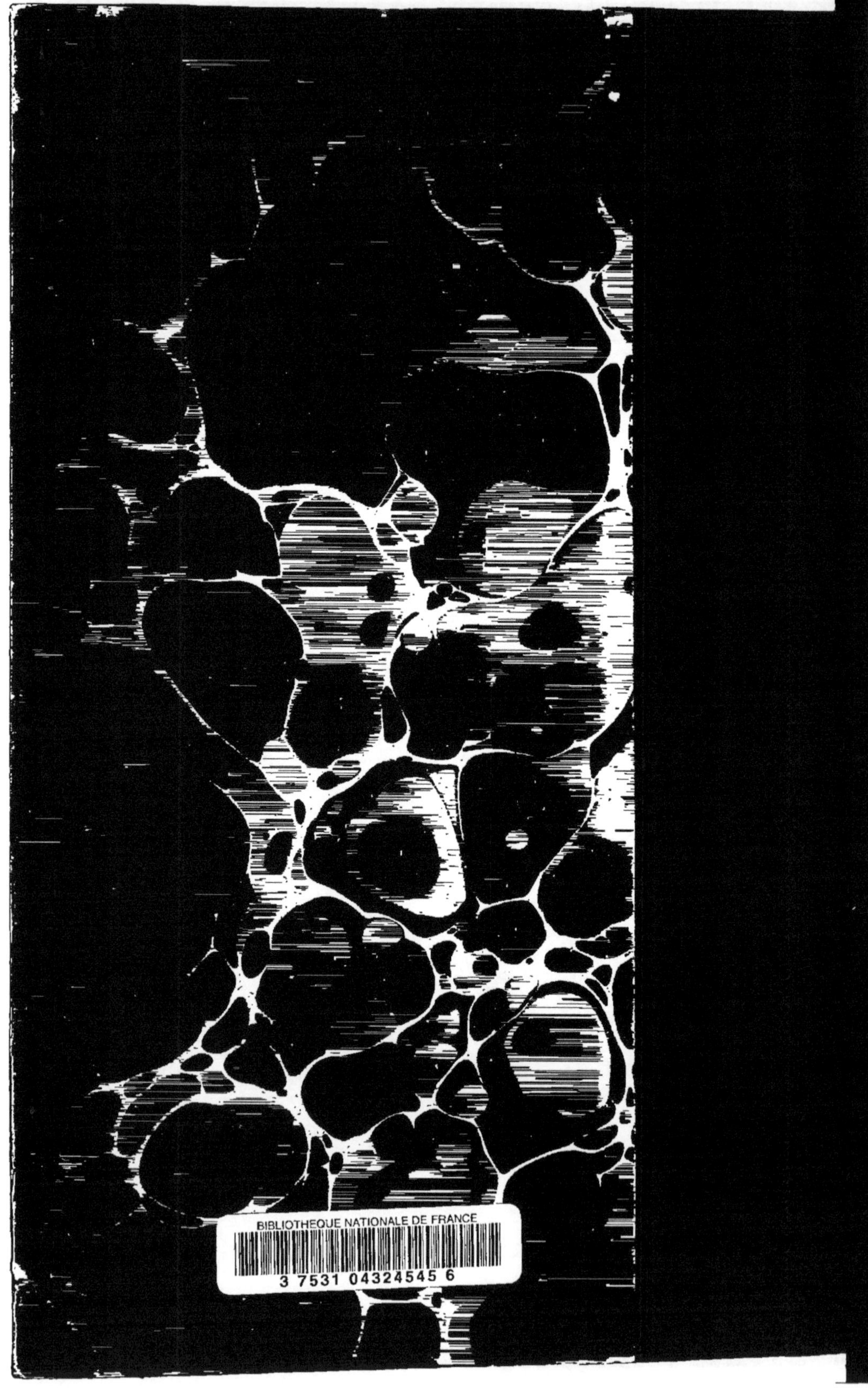